HILDA,

NOUVELLE SCANDINAVE TRADUITE DU DANOIS (1).

> Le titre de roi n'exprimait pas chez les anciens peuples du Nord la même idée de puissance et d'éclat que nous lui attribuons aujourd'hui. Ces rois, simples chefs de tribus indépendantes, mettaient leur gloire à courir les aventures maritimes pendant l'été, et à revenir en hiver s'enfermer dans un lieu fortifié de leur pays, où entourés de leurs amis et de leurs parents, ils passaient le temps à boire, à chanter, à raconter leurs exploits et à célébrer ceux de leurs devanciers.
>
> Meidinger , *Diedeutschen Volkstamm*, *p.* 140.

I.

Il y avait autrefois, sur les bords de la mer Baltique, un roi nommé Valdemar-le-Vaillant. Ce prince ne régnait pas sur de vastes contrées ou de fertiles plaines, mais il possédait une ville bien fortifiée, dans le port de laquelle mille vaisseaux aux mâts dorés, aux voiles tissues de soie attestaient combien étaient grandes ses richesses.

Il passait l'hiver enfermé dans sa forteresse, au milieu de ses guerriers. On y buvait le *miœd* (2) sans souci, et le vin avec une joie bruyante. Mais dès que les rayons du soleil com-

---

(1) Cette traduction est celle d'un ancien poëme danois, qui a été inséré, en 1812 dans l'IDUNA, recueil paléographique, publié à Copenhague par le professeur Nyerup.

(2) Le miœd, (prononcez *mieusse*), ou l'hydromel était une boisson très-recherchée des anciens guerriers du Nord ; aujourd'hui elle est abandonnée aux paysans de la Suède et de la Norwége qui la boivent détes-

mençaient à ranimer les campagnes, et que le chant du coucou retentissait dans les bois, Valdemar ordonnait de hisser les voiles , au son des instruments et des voix. Il partait ensuite pour faire une course dans les parages de l'Angleterre. Puis, en automne, quand la mer devenait moins favorable et que la tempête faisait entendre ses premiers mugissements , il revenait chargé d'or, d'argent, de vins précieux et d'esclaves. Mais ses trésors immenses n'étaient rien pour lui en comparaison de Hilda sa fille chérie. Hilda était recherchée d'un grand nombre de prétendants , la plupart très-braves et venus de loin. Or, ces jeunes guerriers se trompaient dans leur attente, car Hilda avait secrètement promis sa foi au prince Rérik, bien qu'elle eût peu d'espoir de l'épouser. En effet Rérik avait pour père Alkor, roi puissant et farouche que Valdemar haïssait mortellement. Ces deux chefs avaient été frères d'armes dans leur jeunesse ; mais depuis, un partage de butin les ayant brouillés , ils étaient devenus ennemis jurés.

Lorsque Valdemar s'éloignait avec sa flotte, il laissait dans la forteresse une centaine d'hommes, pour la garde de ses trésors et pour la sûreté de sa fille. Celle-ci, qui n'osait sortir de sa prison, savait du moins y employer ses loisirs. Elle dansait avec ses jeunes suivantes, ou bien elle accompagnait de ses chants les sons de sa harpe d'or ; d'autres fois, elle exécutait des broderies avec des fils d'or et de pourpre. Se piquait-elle le doigt de son aiguille ; elle abandonnait l'ouvrage pour caresser son chien, le petit Isségrim, aussi fidèle qu'il était chéri. Enfin à l'heure où le soleil disparaissait sous la voute des forêts, elle montait sur

---

table. Mais toutes les anciennes poésies du Nord citent le miœd , comme un nectar, comme la digne boisson des héros et même des dieux de l'Olympe scandinave.

la plate-forme du donjon le plus élevé. De là elle contemplait la limpidité des eaux dans lesquelles se jouaient les Sirènes (1); de là, aussi, elle aimait à revoir les antiques tilleuls, sous lesquels tant de fois elle s'était assise avec Rérik, avant que leurs pères fussent devenus ennemis, avant que Rérik fut parti pour une expédition dont il n'était pas retourné. « Prince Rérik, disait-elle alors, prince Rérik, mon bien-aimé, qu'es-tu devenu? Sous quels climats ton vaisseau fend-il la vague azurée? Sept longs hivers se sont écoulés depuis ton départ. Ah! si tu avais oublié l'amie de ton enfance, Hilda mourrait de chagrin et de regrets.

Un soir, qu'elle était assise sur la plate-forme, attentive à regarder les mouvements légers des Sirènes, à écouter le murmure du vent parmi le feuillage des tilleuls; tout à coup un son harmonieux, semblable aux vibrations d'une harpe, parut s'échapper de la cime touffue des vieux arbres et accompagner ces mots :

« J'ai longtemps parcouru les monts et les mers ; j'ai traversé de sombres forêts et de profondes vallées, mais nulle part je n'ai rencontré l'aimable vierge qui seule peut consoler mon cœur..... Ah! que les peines d'amour sont cruelles !

« Quand mon vaisseau glissait sur la vague bleue, le bruissement des flots résonnait comme les chants de Hilda.... Quand mon coursier s'élançait sur la bruyère grise, ses pas retentissaient comme les cordes de la harpe que Hilda pinçait sous les tilleuls. Si je levais les yeux au ciel, je

---

(1) Sirène se dit en danois hav-fru, en islandais haf-fru, en anglo-saxon mer-men, en anglais mermaid; tous mots qui signifient, *femme ou fille de la mer*. Il est vraisemblable, du reste, que l'image représentée par ces expressions est tout entière empruntée à la mythologie et à la poésie grecques car les recueils de mythologie gothique ne font pas mention de cet espèce d'êtres.

voyais les traits de Hilda dans les nuages; si j'abaissais mes regards vers l'onde limpide, je croyais voir son image planer autour de moi..... Ah! que les peines d'amour sont cruelles !

« En quelque lieu que tu sois, Hilda, écoute ma plainte, et montre-toi propice à mon cœur agité. C'est toi qui, dès mes premiers ans, me fis connaître l'amour, lorsque tu chantais avec ta harpe sous les tilleuls.... Ah! que les peines d'amour sont cruelles ! »

Ici la harpe cessa de se faire entendre. Hilda continua vainement de prêter l'oreille. Aucun son ne troubla la nuit profonde, après les dernières vibrations, si ce n'est le frémissement de l'air parmi le feuillage et le bruit des vagues sur la falaise.

Elle prit alors sa harpe, en agita doucement les cordes dorées, et le vent porta, à travers la nuit obscure de faibles sons à la cime des vieux tilleuls.

« Une colombe languit dans une cage solitaire, » murmura tristement Hilda. L'impulsion donnée, par ses timides mains, aux cordes de l'instrument sonore, fut si légère que ses suivantes, placées près d'elle, n'en entendirent rien. Enfin à peine ces mots effleurèrent-ils ses lèvres : « Ami de mon cœur, je t'aime.... Ah! que les peines d'amour sont cruelles ! »

Hilda, pleine de joie, se rendit chaque soir à la même place ; et dès qu'elle entendait la voix de Rérik dans le bosquet, elle oubliait tous ses chagrins, malgré le mur épais qui la séparait de l'objet aimé.

Mais hélas! aimable enfant, le bonheur est prompt à se changer en affliction, et souvent, c'est lorsque la lune brille au ciel de son plus pur éclat que la tempête est le plus imminente !

II.

L'automne, alors, touchait à sa fin. Un fort vent d'ouest ramenait d'Angleterre les pirates, à travers une mer houleuse. Les navires balancés sur les flots, ressemblaient, de loin, à ces tourbillons de feuilles que le vent soulève dans les bois. La tempête était affreuse sur la mer d'Allemagne, et les vagues tombaient comme des montagnes sur le rivage. « O mon père ! criait Hilda, si tu dois périr dans les flots, ta fille, je te le jure, ne pourra te survivre ; mon cœur est navré de douleur. »

Cependant le tonnerre grondait à l'ouest, les éclairs se succédaient sans relâche, et la sentinelle qui, du haut de la tour, faisait sonner son cor, pour rappeler les vaisseaux à travers la nuit épaisse, ajoutait encore au vacarme de la tempête qui épouvantait la ville. Bientôt un bruit d'armes se fit entendre sur le rivage. Des guerriers élevaient leurs cris jusqu'aux nues. La lune, pour un moment dévoilée des nuages qui la masquaient, laissa voir l'écume blanche des vagues, et permit de reconnaître la flotte de Valdemar. C'était ce prince, en effet, qui, fier et triomphant, revenait d'Angleterre avec ses mille vaisseaux. Hilda reconnut du haut de la plate-forme, les voiles de soie qui bordaient le rivage. « Que le Christ soit béni ! s'écria-t-elle ; cher père, je vais donc t'embrasser. Oh ! que je serai heureuse de te revoir ! »

Les guerriers, bientôt débarqués et rentrés dans la ville, se rassemblèrent autour d'un vaste banquet où ils burent, en abondance, la bière et le miœd, puis le vin qui fit oublier leurs fatigues. Le bon roi était au milieu de ses compagnons d'armes, placé sur un trône élevé ; il avait à côté de lui sa chère Hilda. Vers la fin du repas, un cavalier, vêtu de riches fourrures, se présenta dans la salle. Il s'inclina d'abord devant le roi, puis il adressa à Hilda une semblable marque de respect : « Je vous salue, dit-il, intrépide roi Valdemar. Le roi Alkor vous salue également. Vous avez souvent combattu l'un contre l'autre avec les armes de la haine, et des deux côtés, ces combats ont été funestes. Alkor, aujourd'hui, revenant à des sentiments plus doux, vous offre une paix durable, si vous voulez agréer sa prière : vous avez une fille, la plus belle, la plus aimable créature de l'univers, fiancez-la à Rérik, le fils du roi Alkor. »

— « Non, cria Valdemar, dans un accès horrible de colère, non, jamais Hilda ne sera la fiancée de Rérik. Non, jamais un lâche n'épousera ma fille. Alkor est un lâche, et son fils lui ressemble. »

— « Seigneur roi, répondit avec calme le jeune homme, ne vous laissez pas aller à tant d'emportement : Alkor est un roi puissant, et le prince Rérik, un homme d'honneur ; ce qu'on refuse de leur accorder de bonne grâce, ils le prennent par la force. Et sachez bien que Rérik ni son père ne sont des lâches. »

— « Ménage tes paroles, malencontreux jeune homme, sinon mon épée va te fermer la bouche. »

Rérik s'éloigna, car il n'y avait pas sûreté pour lui à tarder plus longtemps. Hilda, pâle comme la mort, n'avait pas la force de s'exprimer. D'ailleurs, qu'eût-elle pu dire à son père dans l'état violent où il se trouvait ?

Quatre ou cinq mois s'écoulèrent, pendant lesquels les guerriers ne firent que chanter et boire, et Hilda ne sut que pleurer. Puis, au printemps, dès que le soleil éclaira la cime des vagues, les pirates se préparèrent à faire une nouvelle expédition.

La triste Hilda se fût voulue dans la tombe. Valdemar, de son côté, pressentant le courroux d'Alkor, chercha à se précautionner contre la vengeance de son ennemi. Il rassembla, à cet effet, sept hommes sur le dévouement desquels il pouvait compter. Il leur fit jurer d'exécuter ponctuellement ce qu'il allait leur commander, et d'en garder un inviolable secret. Puis il leur ordonna de se munir chacun d'une hache et d'une bêche, et de le suivre. Il les conduisit, de la sorte, au milieu d'une forêt très-épaisse ; et quand il fut arrivé dans un lieu qui lui parut suffisamment éloigné de tout sentier et à l'abri des regards, il leur dit de creuser, dans la terre, un trou qui devait s'élargir à mesure qu'il deviendrait plus profond. Ce trou fut disposé, autant qu'il était possible. pour servir de demeure souterraine. On y transporta des meubles et de riches tapis. Valdemar y rassembla ensuite ce qu'il put de ses trésors, en argent et en marchandises précieuses ; il y fit apporter d'abondantes provisions de comestibles, de miœd et de vin. Enfin il y amena Hilda avec trois de ses suivantes.

« Ma fille, lui dit-il, je t'ai préparé, avec soin, cette retraite ; tu vas y rester cachée environ cinq mois, pendant que j'irai sur les mers courir de nouveaux dangers. Puis, en automne, je viendrai te chercher, pour jouir avec toi de la paix et du bonheur, au milieu de mes nouveaux triomphes. »

— « Ah ! mon père, cria-t-elle, vous m'offrez-là un affreux tombeau, et si j'y descends, je crains bien que nous ne nous revoyions plus. Mais du moins faites-moi une promesse : c'est qu'après ma mort, vous enverrez mon cœur à Rérik, car, pendant ma vie, ce cœur fut tout à lui. »

— « Tais-toi, tais-toi, malheureuse, et hâte-toi d'entrer dans ce souterrain. »

Hilda, en proie à de tristes pressentiments, descendit dans la caverne avec ses trois suivantes. L'inflexible Valdemar fit recouvrir l'entrée avec des branches et de la terre gazonnée, en ménageant une seule ouverture pour l'air et la fumée. Ses serviteurs, en exécutant ses ordres, pleurèrent comme de jeunes filles.

Mais quelle est cette rumeur qui frappe la nue ? Pourquoi ce son du ludur (1) et ce cliquetis d'armes qui ébranle les pins dans la forêt ?

III.

Que Dieu te soit en aide, brave et malheureux roi ! Toute ta puissance est anéantie. Le roi Alkor a pris d'assaut ta ville ; ton peuple est massacré ; les enfants mêmes ont été égorgés dans le sein de leurs mères. Alkor est vengé de tes outrages ; Rérik s'est élancé sur la plate-forme, où, à travers des mares de sang, il cherche Hilda de tous les côtés !

« Non, s'écria Valdemar, enflammé de fureur, non, Rérik n'a pas encore gagné sa partie ; non, jamais il ne trouvera ma fille Hilda. » Et, sans perdre un instant, il revêt sa cotte de maille, relève sur ses épaules son manteau de fourrure, et pousse son cheval vers l'entrée de la ville.

« Salut, Alkor, mon frère d'armes ; puisque je te trouve ici, sois le bienvenu. C'est ici que nous allons nous sucer le sang (2). » Il s'élance en frappant à deux mains de son épée qui se brise sur l'armure de son adversaire. Alkor le renverse de son cheval :

« Je pourrais, lui dit-il, t'arracher la vie ; mais non ! je n'égorgerai pas un frère d'armes parce qu'il se sera oublié un moment à mon égard. Que ta fille soit la fiancée de mon fils, et je te rendrai ta ville et toutes tes richesses. »

---

(1) Ludur, nom d'un ancien cor, d'une trompette scandinave. Ludur appartient à la même racine gothique qui a formé notre mot *luth*, l'un et l'autre nom signifie *sonorité*, quoique les deux instruments soient bien différents.

(2) Allusion à la cérémonie de la réception des frères d'armes, où pendant que l'on se jurait alliance à la vie et à la mort on se suçait réciproquement le sang par une double ouverture pratiquée aux veines du bras.

Mais Valdemar tirant un poignard de dessous son manteau : « Pour moi, dit-il, je tiens peu à épargner tes jours ; » et il allait lui plonger son arme acérée dans le cœur, lorsqu'une tuile jetée du haut d'une tour, le frappa lui-même au front et le tua. Sa troupe prit la fuite ; mais ceux qui connaissaient le secret de la retraite de Hilda avaient tous péri dans la rencontre.

« Où es-tu, prince Rérik ; où es-tu, mon fils ? As-tu trouvé ton Hilda ? Valdemar a reçu sa récompense, et nous avons la victoire. »

— « Que Dieu protége mon bras ! Je suis bien malheureux ! j'ai perdu la bien-aimée de mon cœur ; je l'ai cherchée partout à la lueur des torches et des flambeaux. Mais le château de Valdemar a été vainement fouillé ; nulle part je n'ai aperçu les traces de ma chère Hilda , ni d'aucune de ses suivantes. Que Dieu me soutienne dans mon malheur, j'ai perdu ma fiancée ! »

— « Ne t'afflige pas ainsi, mon cher fils ; j'espère encore pouvoir te la rendre. Je ferai visiter de nouveau tous les lieux cachés de la forteresse, je ferai enlever toutes les boiseries. »

On chercha toute la journée, et pendant quatre jours encore ; mais Hilda ne se trouva point. Les soldats désespérés, et ne pouvant plus être contenus , mirent le feu à l'édifice , en poussant des cris de joie sauvages.

La girouette dorée, qui terminait le donjon de Hilda , tomba parmi les décombres. Les flammes s'élevèrent jusqu'aux nues. La ville superbe de Valdemar ne fut bientôt qu'un monceau de cendres. Rérik, frappé de stupeur, contemplait ce triste tableau.

« Ah ! qu'avez-vous fait ? Que ces flammes sont horribles ! Oh ! vous avez brûlé ma fiancée..... Écoutez..... Écoutez ! je crois entendre des cris plaintifs ? »

On ne pouvait voir, sans effroi, à quel excès la douleur l'accablait. De désespoir il se fût élancé dans les flammes, si ceux qui étaient présents ne l'eussent retenu.

Six jours se passèrent sans que Rérik prononçât une seule parole. Le septième jour, il entra, dès le matin, chez Alkor, portant sur son visage les marques d'un profond accablement. « Mon père, dit-il, puisque Hilda n'existe plus, la vie ne peut désormais m'offrir que de l'amertume. Faites-moi donner un bourdon et un manteau, afin que j'aille en pèlerinage jusqu'au Saint-Sépulcre. Je ne puis consacrer qu'à Dieu seul cette vie qui devait appartenir à ma chère Hilda. »

Le vieux roi versa des larmes amères à cette proposition. « O mon fils, lui dit-il, tu veux donc me faire mourir dès aujourd'hui ! Hélas ! à quoi me servent mon or et ma puissance ? Que me sont, à présent, mes domaines et mes forteresses ? Ah ! père infortuné et privé de mes enfants, je me sens précipiter dans la tombe ! Reste avec moi, mon fils, je t'en conjure, ne quitte pas ta terre natale. Elle pourra t'offrir encore quelque consolation, après les trop justes élans de ta douleur. »

— « Mon père, il n'est plus de joie pour moi. La terre ne me présente que ténèbres et solitude. Le ciel, où Hilda est allée, est le seul asile que ma douleur envie. »

Le prince Rérik prit son bourdon et s'éloigna douloureusement. Le roi Alkor poussa un profond soupir. Toute la ville fut en deuil.

Rérik parcourut le monde pendant trois ans, sans trouver de soulagement à sa douleur. Au bout de ce temps, il vit en songe un vieillard, semblable au roi Alkor, qui lui dit : « Brave jeune homme, tu perds ton temps à courir ainsi le monde sans objet. Fais trêve à ta douleur, et retourne chez toi, où ton devoir te rappelle. Le désordre est à son comble dans ta maison. Tes serviteurs y sont les maîtres, et disposent de tout au gré de leurs caprices.

« Ton père est aujourd'hui renfermé dans la tombe. Hilda t'est restée fidèle. Retourne donc promptement, et retiens bien ce que je vais te dire :

« La jeune fille que tu rencontreras sur la plate-forme, tu l'épouseras ; mais ce sera Hilda, qui, sortant de son tombeau, viendra reposer chaque nuit auprès de toi.... »

— « Hilda est donc morte ! » cria Rérik, se réveillant en sursaut, au milieu de la nuit.

IV.

Le comte Hildebrand commande aux guerriers dans la cité d'Alkor. On y est au milieu des fêtes, et tout y respire la joie. « Le prince Rérik, disait Hildebrand, est mort d'un chagrin d'amour. Mais ne songeons plus qu'à nous réjouir, car aujourd'hui, belle Malfred, notre mariage va avoir lieu. Qu'on nous verse le miœd à longs flots ! »

Devant la porte du palais se repose un pèlerin. Sa tête est enveloppée dans son aumusse ; il semble vieux et pauvre, et si fatigué qu'il peut à peine soulever les pieds.

« Entrez, entrez, bon pèlerin, venez boire le miœd avec nous. Le comte Hildebrand épouse sa fiancée, et la joie n'est pas bannie d'ici. »

L'humble pèlerin entre sur cette invitation. La pâle figure de Malfred s'offre à lui pendant qu'il traverse la plate-forme. Il va se ranger dans un coin, où il se tient appuyé sur son bâton de frêne.

L'orgueilleux Hildebrand est placé sur le même trône où Alkor avait coutume de siéger. A côté de lui vient s'asseoir sa jeune fiancée, au sourire mélancolique.

Les cornes pleines de bière et de miœd font le tour de la

table, et les guerriers les vident bravement. Le comte prend une couronne d'or, symbole de la royauté : « Remplissez ma corne jusqu'au bord, je veux la boire au prince Rérik ; depuis trois ans, il est parti pour aller faire un pèlerinage en Terre-Sainte. Il me dit en nous quittant : Hildebrand, mon frère d'armes, si le troisième été se passe sans que je reparaisse sur cette plate-forme, tu pourras compter que je ne reviendrai plus ; que je serai dans le tombeau. Alors, tu prendras la couronne d'or ; tu posséderas toutes mes richesses, et règneras sur mes braves.

« Hommes d'Alkor ! jurez-moi donc votre foi pendant que je viderai cette corne de miœd. »

Mais tout à coup la couronne d'or roula dans la salle, brisée en éclats. Le pèlerin l'avait à l'improviste frappée d'un grand coup de son bourdon. Il rejeta en même temps son aumusse avec son manteau gris, et il parut revêtu d'un haubert étincelant : « Regarde, dit-il, et reconnais ici le prince Rérik, dont tu célèbres si bien les obsèques. »

Hildebrand, pâle de surprise et de colère, saisit son épée et se précipite sur son adversaire ; mais celui-ci, déjà en garde, détourne le coup et lui plonge sa dague dans le cœur.

Le jeune prince, s'avançant alors sur la plate-forme : « Hommes d'Alkor, s'écrie-t-il, qui de vous veut rester fidèle à son fils Rérik ? Qui jure d'être son homme ? » Et tous, comme d'une seule voix, le proclament roi, et lui jurent fidélité.

Rérik, se rappelant alors les paroles du vieillard qu'il avait vu en songe, pensa que Malfred, par lui d'abord rencontrée sur la plate-forme, devait-être la fiancée qui lui avait été indiquée.

Malfred, sous un visage doux et séduisant, cachait une âme ambitieuse, un cœur perfide et dissimulé. Elle était pâle et troublée de la scène tragique qui venait d'éclater devant elle ; mais elle déplorait, en elle-même, beaucoup plus la perte de ses espérances, que la catastrophe de son fiancé. Aussi la proposition que lui fit Rérik de l'épouser ne la trouva-t-elle point suffoquée par le chagrin. Elle protesta, au contraire, qu'elle était heureuse de revoir le fils d'Alkor revenir prendre possession des richesses de son père ; qu'elle fût restée volontiers son humble vassale, mais que son bonheur était immense dès qu'elle pouvait songer à devenir son épouse.

V.

Cependant Hilda était toujours enfermée dans son noir souterrain, où assurément elle ne se plaisait guère. En effet, quel que fût l'éclat du soleil dans la voûte céleste, l'obscurité était perpétuelle dans ce monstrueux séjour.

On y distinguait à peine les jours d'avec les nuits. Les semaines et les mois s'écoulaient sans qu'il fût possible de les compter. On n'entendait que le sifflement de la bise et le hurlement des loups dans les bois situés au-dessus de la caverne. « Oh ! mon père, où es-tu ? criait-elle ; as-tu donc oublié ta malheureuse fille ? Hélas ! le chant des oiseaux m'a vainement annoncé, à plusieurs reprises, le retour de l'été ! Rien, si ce n'est la mort, ne peut m'indiquer la fin de mon affreuse captivité. Oh ! Rérik, mon cher Rérik, tu ignores tout ce que je souffre ici ! »

Elle passa ainsi une année, puis deux, puis trois, au milieu d'angoisses inexprimables. Les provisions, qui avaient été rassemblées avec tant de soin, finirent par s'épuiser et par manquer totalement. Les trois suivantes, plutôt que de toucher au dernier morceau de pain qui restât à leur maîtresse, se laissèrent mourir de faim. Hilda, entourée de leurs corps froids et inanimés, conservait à peine la force de pleurer. « Dieu puissant du ciel, dit Hilda, récompensez leur dévouement en les appelant au partage de vos joies éternelles. » Cependant, au bout de quelques heures, la faim la pressa si vivement et lui causa des douleurs si atroces, que son esprit égaré et ramené à une sorte d'exaltation par la souffrance, lui suggéra la pensée (pour elle horrible !) de tuer son chien et de se repaître de sa chair. Le petit Isségrim était son dernier ami ; il lécha la main qui l'égorgea. Son cadavre, encore convulsif, fut jeté, pour un moment, sur des charbons ardents.

Un loup affamé, étant venu à passer près du trou d'où s'exhalait la fumée, fut frappé par l'odeur des cadavres et de la viande grillée. Il s'approcha de l'ouverture, et y flairant la curée qui s'offrait à lui, il fit entendre un hurlement de joie farouche.

S'aidant aussitôt de ses griffes et de son museau, il se mit à fouiller avec une énergie effrayante. Il gratta de la sorte depuis le matin jusqu'au milieu de la nuit, faisant voler autour de lui les pierres et tous les matériaux qui avaient été entassés pour recouvrir le souterrain.

Hilda, effrayée à l'approche de cet animal féroce, dont elle entendait de plus en plus le travail précipité et les cris avides, crut que son heure était venue. Mille angoisses traversèrent son âme. Elle adressa à Dieu sa prière. Elle pensa à son père, à Rérik. « Dieu puissant, sans doute mon père et Rérik sont morts, puisqu'ils n'ont pu me tirer de cet affreux tombeau, où, avant de mourir de faim, je vais devenir la proie d'une bête cruelle ! » Cependant au moment où la dernière couche de terre allait être forcée, l'horreur toujours croissante de sa position lui inspira l'idée de se soustraire à un genre de mort si horrible. Il n'était pas difficile de trouver à se cacher parmi tant d'objets dont le souterrain avait été rempli. Elle choisit le coffre qui contenait les trésors les plus précieux de son père, comme étant le plus grand et le plus fort. Elle le vida de ses inutiles richesses, vaine rançon qu'elle laissa étalée aux yeux de son ennemi ; puis elle s'y coucha, et referma sur soi le couvercle.

A peine fut-elle en sûreté que le monstre tomba dans la caverne, où il porta sa rage de tous côtés ; il se jeta alternativement sur les cadavres des trois suivantes, arrachant à l'un et à l'autre d'horribles lambeaux qu'il se donnait à peine le temps de dévorer. Cependant il finit par assouvir sa faim ; puis, craignant apparemment de se trouver pris dans ce souterraiu par l'effet de quelque embûche, il se hâta de fuir par le trou qu'il avait creusé.

Hilda, qui avait entendu le hideux festin du monstre, en avait éprouvé une horreur indicible, et s'était évanouie. Sa léthargie dura plus longtemps que le séjour du loup dans la caverne ; aussi n'entendit-elle plus rien quand elle reprit ses sens. Elle souleva doucement la couverture de son coffre, et aucun mouvement ne se manifestant autour d'elle, elle ouvrit tout à fait le meuble et en sortit. Elle détourna ses regards de l'affreux spectacle qu'elle craignait de rencontrer. Un rayon de la lune pénétrait dans le souterrain par l'entrée que le loup avait pratiquée. Hilda s'élança aussitôt vers cette ouverture. Elle trouva dans l'horreur dont elle était poursuivie, et sans doute aussi dans l'espérance de sortir de son tombeau, des forces surhumaines.

En peu d'instants, elle parvint à la surface du sol. Elle éleva ses bras vers le ciel, et ses yeux reçurent la douce lueur des étoiles qui leur avait été si longtemps étrangère. « Seigneur, s'écria-t-elle, prenez pitié de ma misère ; vous m'avez soustraite aux horreurs de ma caverne, continuez de de me protéger. » Après cette courte prière, elle s'endormit profondément. Son sommeil fut doux et exempt de tout danger, car les anges du ciel, sous la forme des rayons de la lune, veillèrent sur elle.

VI.

Hilda se réveilla dès qu'il fit jour, et contempla avec délices l'éclat pourpré du soleil, dont le disque se montrait à travers la cime verte des forêts. L'alouette, s'élevant dans un air pur, semblait adresser à Dieu son chant du matin. « O Dieu puissant du ciel! dit Hilda, que le séjour de la terre est doux ! »

Cependant elle commençait à s'inquiéter de n'apercevoir ni sentier, ni aucune trace humaine en ces solitudes sauvages, lorsque le son d'un cor, qu'elle entendit à quelque distance, fit battre son cœur de joie et d'espoir. Rassemblant toutes ses forces, elle s'avança, à travers les épines et le fourré, vers le lieu où devait être le chasseur qui avait ainsi sonné. Celui-ci était le jeune Hagbard, l'un des compagnons de Rérik. « Jeune homme, lui dit-elle en l'abordant, ayez pitié de moi ; je suis une pauvre fille égarée dans ces bois, où j'ai erré toute la nuit. Je suis accablée de lassitude et de souffrance, daignez m'indiquer le chemin de la ville la plus prochaine. »

— « Jeune fille, vous ne me semblez pas être d'une humble condition ; tout indique, au contraire, que vous avez joui d'une position élevée. Je me ferai un plaisir de vous conduire moi-même à la ville. »

Après qu'Hilda se fut reposée un instant et qu'elle eut pris quelque nourriture tirée des provisions du chasseur, celui-ci lui aida à s'asseoir derrière lui sur la croupe de son cheval. Ils se dirigèrent vers la sortie du bois.

— « Où alliez-vous donc, belle enfant, lorsque vous vous êtes ainsi égarée? »

— « Je me rendais à la ville célèbre de Valdemar, pour y demander une place dans l'échansonnerie. »

— « Vous êtes donc étrangère à ces contrées? car Valdemar est mort depuis longtemps ; le roi Alkor, à la tête d'une armée, a pris d'assaut sa ville, et l'a ruinée de fond en comble. Alkor, lui-même, a depuis succombé au chagrin, parce que la fille de Valdemar, la plus aimable personne du monde, que voulait épouser Rérik son fils, a péri dans l'incendie de la ville, et que le prince Rérik en a éprouvé une telle douleur qu'il est parti, malgré son père, pour faire longue suite de pèlerinages, dont on croyait qu'il ne reviendrait pas. Mais aujourd'hui ce prince est de retour, et il se dispose à oublier toutes ses peines passées, en célébrant demain son mariage avec la belle Malfred, en présence de toute la ville. »

Hilda devint pâle tout à coup, et faillit se trouver mal.

— « Qu'avez-vous donc, jeune fille? dit Hagbard. »

— « Hélas! je suis si fatiguée qu'il me semble que je vais mourir. »

— « Reprenez courage et surmontez un instant votre peine. Nous allons arriver bientôt à la ville de Rérik. Là, j'ai mes deux sœurs placées près de Malfred, en qualité de suivantes ; elles vous accueilleront avec obligeance. »

— « Oh! si moi-même je pouvais entrer au service de Malfred! je sais coudre et broder ; je pince de la harpe ; en un mot, je connais tout le service d'une suivante. »

Ils ne tardèrent pas à entrer dans la ville. Dès que Malfred fut informée que Hagbard avait ramené, le matin, de la forêt, une jeune fille belle et de bonne condition, qui demandait à entrer à son service, elle se fit amener cette jeune fille, qui disait se nommer la petite Gunver.

— « Écoute, petite Gunver, ce que j'ai à te dire : Si tu veux me servir avec fidélité, je te donnerai la moitié de tous mes trésors. Demain, on te revêtira de mon manteau royal ; on placera sur la tête ma couronne d'or, et mon voile de mariage. Tu iras pour moi à l'église, à côté de mon fiancé, et tu me remplaceras dans toute la cérémonie nuptiale. Mais ne va pas me trahir ; jure-moi de m'être fidèle et dévouée. »

La raison pour laquelle l'artificieuse Malfred faisait cette proposition est qu'elle était dans un embarras extrême, et qu'elle ne put imaginer d'autre moyen de dissimuler les conséquences d'une certaine faute qui, pour le moment, la mettait hors d'état de sortir du lit, et de se présenter en personne à la célébration de son mariage, laquelle devait avoir lieu le lendemain dans une église éloignée, où il fallait se rendre à cheval.

VII.

Le soleil brille à travers les vitres de la plate-forme. Les cavaliers, revêtus de leurs plus riches fourrures, se groupent autour de Rérik. Ce prince, tout pensif, ne peut détacher ses souvenirs de Hilda et des jours d'autrefois.

Le soleil pénètre également dans l'appartement où est la reine supposée. Ses suivantes l'entourent avec respect ; Hilda porte avec dignité la couronne d'or, qui est posée sur son front : — « Petite Gunver, petite Gunver, lui envoie dire Malfred une dernière fois, ne va pas me trahir ; ne prononce pas un mot durant tout le voyage à l'église. » Hilda pousse un profond soupir, et ne peut détourner sa pensée du fils d'Alkor.

Elle monte sur la haquenée grise qu'on lui présente. Le roi Rérik, à cheval, vient se placer à côté d'elle ; et tous deux, suivis de leur cortége, se mettent en marche pour aller à l'église. On était alors au milieu de l'été, l'atmosphère était pure ; les bosquets, sur la route, étaient encore humides de rosée, et les oiseaux faisaient entendre leurs chants sous le feuillage. « Ah ! soupira Hilda , qu'il était beau ce jour où la fille de Valdemar et le fils d'Alkor se donnèrent secrètement leur foi ! »

— « Qu'avez-vous à soupirer , mon aimable Malfred ? »

— « Je n'ai rien , je parle à mon cheval. »

Ils marchèrent encore quelque temps ; puis Rérik dit : « Cette route est bien longue , ne pourriez-vous l'abréger, belle Malfred , en nous chantant quelque ancienne ballade? »

— « J'ai été enfermée trois ans dans un obscur tombeau, j'ai oublié toute chanson joyeuse ; j'ai vu mourir mes trois suivantes, et j'ai mangé mon chien. Un horrible loup m'a tirée de prison. »

— « Que dites-vous donc là, chère Malfred ? »

— « Je ne dis rien , je parle à mon cheval. »

Sur la route se trouve le château , jadis superbe , de Valdemar. Il n'offre plus que ruine et désolation. Hilda pâlit à cette vue qui lui rappelle ses beaux jours.

— « Ici s'ébattent les ramiers , où les jeunes filles formaient leurs danses. Là se vautre l'animal immonde , où les guerriers buvaient le miœd. »

— « Que dites-vous donc, ma chère fiancée ? »

— « Je ne dis rien, je parle à mon cheval. »

On passe ensuite sous les vieux tilleuls. Rérik les traverse silencieusement. Un profond soupir lui échappe, au souvenir des serments dont ces arbres ont été les témoins. Hilda tire les rênes de sa haquenée, et s'arrête un moment sous leur ombre :

« O tilleuls ! votre cime est encore aussi touffue, aussi majestueuse qu'autrefois ; votre ombre est aussi fraîche, aussi douce qu'au temps où , sous votre abri, nous pincions en paix nos harpes, lorsque le fils d'Alkor jurait à Hilda de l'aimer toujours ! »

Le roi Rérik demeura confondu d'avoir entendu de telles paroles. Une larme coula sur sa joue.

— « Malfred ! Malfred ! qu'avez-vous dit là ? »

— « Rien, j'ai parlé à mon cheval, qui ne voulait pas avancer. »

Arrivé devant l'église, le cortége mit pied à terre. Douze cavaliers se rangèrent près du roi, et douze jeunes filles près de la fiancée. Le prêtre vint recevoir le jeune couple à la porte de l'église, et le conduisit devant l'autel.

— « Chère fiancée, dit Rérik, il est temps que nous fassions l'échange de nos anneaux. »

Il reçut la même bague qu'autrefois il avait donnée à Hilda, sous les vieux tilleuls. Il la reconnut parfaitement.

— « Chère Malfred, dites-moi la vérité, d'où vous vient l'anneau que vous me donnez ? »

— « Ma suivante l'a trouvé dans un monceau de cendres, parmi les décombres du château de Valdemar. »

— « Que Dieu me soutienne ! Hilda a péri, car elle portait cette bague. Reprenez votre anneau, ma chère fiancée ; je ne le porterai jamais à mon doigt. Reprenez-le, vous dis-je, et ne le mettez jamais au vôtre. »

VIII.

De retour au château, Rérik ne pouvait contenir son chagrin. Hilda, au contraire, avait oublié toutes ses peines. Elle venait d'acquérir la certitude que Rérik n'avait pas cessé de l'aimer.

Les guerriers prirent place autour d'un vaste banquet, où le roi, tout bouleversé, était assis près de Malfred ; car celle-ci, déjà revêtue des habits qu'elle avait confiés à Hilda, était revenue prendre sa place, et portait fièrement sa couronne d'or ; tandis que Hilda, sous le nom de Gunver, alla remplir un humble office dans l'échansonnerie.

Le roi Rérik s'adressant à sa fiancée : « Répétez-moi maintenant, chère Malfred, les paroles que vous avez prononcées quand je vous ai priée de chanter. »

— « Les paroles que j'ai prononcées..... je les ai oubliées, mais j'ai chargé ma suivante de me les rappeler. »

Malfred descendit à l'échansonnerie : « Petite Gunver, tu m'as trahie ; quelles paroles as-tu prononcées quand Rérik t'a proposé de chanter ? »

— « Je ne vous ai pas trahie, madame, je n'ai parlé qu'à mon cheval. »

Rérik s'adressant de nouveau à sa fiancée : « A présent, dites-moi, et vous ne pouvez l'avoir oublié, dites-moi ce que vous avez chanté en passant sous les vieux tilleuls ? »

— « Ce que j'ai chanté..... je l'ai encore oublié, mais j'ai bien recommandé à ma suivante de s'en souvenir. »

Malfred descendit de suite à l'échansonnerie : « Il faut pourtant que tu m'aies trompée, petite artificieuse ; qu'as-tu donc chanté en passant sous les vieux tilleuls ? »

— « Je n'ai rien chanté, je n'ai parlé qu'à mon cheval. »

Le roi Rérik ne pouvait revenir de son étonnement : « Maintenant, belle Malfred, montrez-moi cet anneau que je vous ai rendu dans l'église. »

— « L'anneau que vous m'avez rendu dans l'église..... je l'ai confié à ma suivante, je vais vous le rapporter. »

Malfred, bien irritée, courut à l'échansonnerie : « Ecoute, Gunver, donne-moi l'anneau que Rérik t'a rendu dans l'église, ou je te punis à l'instant de toutes tes perfidies. »

— « J'ai juré que cet anneau ne sortirait jamais de mon doigt, et que je le porterais jusqu'au tombeau. Je ne puis vous le remettre, belle Malfred. »

— « Donne-moi de suite cet anneau, abominable fille,

où je te fais jeter dans la fosse aux serpents (1). Le roi Rérik veut qu'à l'instant je lui remette cette bague. »

— « Vous n'aurez jamais cet anneau, belle Malfred, dus-
siez-vous me faire jeter dans la fosse aux serpents. Mais si
Rérik veut absolument le voir, prêtez-moi votre manteau,
je montrerai au roi l'anneau sans le tirer de mon doigt. »

Malfred, blessée de cette réponse, dut néanmoins se contenir et accepter la proposition. Hilda, enveloppée du manteau de soie, monta rapidement à la plate-forme. Toutes
deux sentirent leur cœur battre d'anxiété. La petite Hilda
tira sa blanche main de dessous le manteau.

— « Belle Malfred, approchez-vous davantage, afin que
je puisse reconnaître cet anneau. » Puis Rérik saisit tout à
coup la main, et rejeta au loin le manteau de soie. Malfred
pâlit de terreur. Toute la salle retentit de cris de surprise.

Rérik fut au comble du bonheur. « Hilda, s'écria-t-il en
la serrant dans ses bras, Hilda, est-ce bien toi, est-ce bien
certainement toi que je revois? N'est-ce pas un spectre qui
m'abuse? Oh ! puis-je espérer que tu ne me quitteras plus ? »

Grande fut la joie dans la cité royale, quand on vit que
la tristesse de Rérik s'était dissipée comme par enchante-
ment. Des ordres furent donnés pour que Malfred, et Hagbard, qui avait été le complice de toutes ses perfidies, fussent
enfermés dans la fosse aux serpents. Mais Hilda intercéda pour

---

(1) La fosse aux serpents, appelée en islandais et en danois ORM GARD,
était une prison remplie de reptiles venimeux, à la dent desquels on li-
vrait les prisonniers dont on voulait se défaire. C'est dans une prison de
ce genre que fut jeté et que périt, en 866, le célèbre roi de Danemark
Ragnar-Lodbrok, devenu prisonnier de Ella, roi de Deïre (petit royaume
de l'Octarchie saxonne, situé dans le Northumberland). Cet événement,
qui eut un retentissement immense dans le Nord, appela une vengeance
terrible contre les Anglo-Saxons, dont la puissance faillit être anéantie
par les invasions danoises.

eux : « Excellent roi, dit-elle, pardonnez au jeune Hagbard, parce qu'il m'a tirée d'une grande peine, en me ramenant de la forêt, où sans lui je serais morte de faim ; épargnez aussi la vie de la belle Malfred, car sa fourberie m'a été fort profitable ; et pour mettre le sceau aux deux grâces que je vous demande, donnez à Hagbard Malfred pour épouse. »

Rérik, le roi puissant, répondit : « Mon cœur, chère Hilda, est tout en votre pouvoir. Je ne puis vous refuser aucune grâce ; que le Dieu tout-puissant soit glorifié dans le ciel ! Puisque j'ai retrouvé la vierge de mon enfance, tous mes chagrins sont effacés ; ne songeons plus qu'à vivre dans la paix et dans le bonheur, jusqu'à ce que le tombeau nous recouvre. » — Amen.

Ch. DE SOURDEVAL.

Tours, Imp. de Mame.